V6I

AF455747

THRENES

de

JEAN KOCHANOWSKI

(1530-1584)

traduits du polonais par

Lucien Roquigny

avec une préface de

Ad. van Bever

A PARIS

MCMXIX

THRÈNES

DE

JEAN KOCHANOWSKI

DDD-TOL-2010-540
2010-158449

VIII/35 olio1 13813, 14037
no 3 ex.

THRENES

de

JEAN KOCHANOWSKI

(1530-1584)

traduits du polonais par

Lucien Roquigny

avec une préface de

Ad. van Bever

A PARIS

MCMXIX

LETTRE-PRÉFACE

Vous m'avez fait l'honneur, cher Monsieur, de me demander quelques mots d'introduction au charmant recueil que vous nous offrez des *Thrènes*, de Jean Kochanowski. Une préface ! Y avez-vous bien songé, Monsieur ? En lit-on encore aujourd'hui ? Il est vrai, me direz-vous, que la Pologne est plus que jamais au goût du jour. Qui songerait à s'en plaindre ? Ce n'est point d'hier, seulement, qu'un tel goût s'est formé, et qu'a pris naissance cette sorte d'attraction d'esprit et de cœur pour un peuple magnifique dont les efforts tendirent sans cesse à mériter notre confiance, en maintenant nos traditions et notre culture aux frontières extrêmes de la civilisation occidentale. La liste serait longue de ceux qui, parmi nous, depuis plus de trois siècles, se flattèrent d'échanger de nobles idées avec l'élite de cette fière nation. Aussi, est-il peu douteux que si la Pologne gagna dans un tel commerce une fantaisie qu'elle n'eût point autrement connue, il y a quelque part, au fond de notre propre génie, un reflet de paysages et d'âmes qui décèle fort à propos son origine. Mais cela vous est connu, et c'est même parce que vous n'ignorez point ce que la France doit à la sensibilité polonaise, que vous avez voulu introduire dans notre famille spirituelle le grand Kochanowski. Grâce vous soit rendue, Monsieur, d'avoir rapproché ce nom, digne de respect, d'un nom plus illustre encore, celui de Pierre de Ronsard. On a parlé, maintes fois, de parentés et d'alliances contractées par les deux pays : celle-là est la plus étroite de toutes, parce qu'elle est la plus haute. Que savons-nous aujourd'hui du séjour de Henri de Valois et de sa suite, à Varsovie, et, encore des voyages qu'entreprirent Philippe Desportes et, plus tard, le gros Saint-Amant? D'autres imitèrent ces derniers, sans que nous sachions rien du but de leurs pérégrinations. Ronsard et Kochanowski, eux, se rencontrèrent vraisemblablement dans les Universités polonaises; ils se retrouvèrent ensuite à Padoue, foyer de culture européenne ; mais c'est à Paris, sans nul doute, qu'ils se lièrent, dans cette maison du Collège Coqueret, sur la montagne Sainte-Geneviève, où défilèrent toutes les gloires de la poésie lyrique du siècle. Les documents font défaut pour rappeler leur intimité, mais la tradition en subsiste et se perpétue.

Dans les *Thrènes*, de Kochanowski, dont vous nous donnez la primeur, il n'y a point seulement une transposition sentimentale des plus beaux accents du poète vendômois, à qui l'on doit les vers si touchants de la Mort de Marie, il y a déjà — admirez la prescience du génie — l'émouvante expression de Malherbe, dans les Stances à Du Perrier. Combien demeurent touchants ces petits poèmes où la tendresse naïve de la Renaissance s'allie à la pureté classique du XVIIe siècle.

Vous avez su rendre, il faut le reconnaître, en les transportant dans cette langue archaïque du seizième siècle, qui est souvent celle des chefs-d'œuvre, les grâces et l'éloquence de l'original. Si bien que nous ne savons ce qu'il faut admirer le plus, ou de votre habileté littéraire ou de l'ingénieux artifice qui vous a permis de faire renaître de ses cendres, et vivre et sourire, pour la plus grande gloire paternelle, l'héroïne de ces pages, la douce et belle Ursule Kochanowska.

14 juin 1919. AD. VAN BEVER.

AVANT-PROPOS

Jean Kochanowski est le plus grand poète de la Renaissance polonaise. Il est l'expression fidèle de son époque et de la race à laquelle il appartient. Humaniste éclairé et, de plus, plein d'une énergie robuste, il délaissa bien vite le chemin battu de l'ode latine. Sa personnalité débordante fait craquer de partout le cadre trop étroit. Les mots de sa langue maternelle, peu habitués encore, malgré les tentatives de Nicolas Rey et de quelques poètes anonymes, à se voir alignés en vers, ou réunis par strophes, il les prend dans le trésor si riche du parler commun et national, et il en façonne lui-même son instrument.

Parfois encore, quelque peu rude et heurté, son vers s'assouplit; il serre de près la réalité tangible, se dilue dans de brusques échappées vers l'au-delà; parfois aussi, ramassé et concis, enveloppant une pensée large et neuve, son vers, frappé en médaille, s'impose au souvenir et devient proverbial.

Kochanowski a surtout le sentiment de la mesure. « Ny trop haut, ny trop bas, c'est le souverain style » comme dit Ronsard.

De plus c'est un visuel, et si les anciens qu'il a longuement pratiqués, et dont il a « sucé la substantifique mouelle », lui fournissent maints clichés, son observation directe de quelque détail quotidien et banal, parfois cru, jaillit spontanément et affirme son moi curieux et faisant la part égale à tous les phénomènes de la vie.

Kochanowski, amoureux de la nature et, en cela seul, je crois, pouvant être rapproché de Ronsard, est déjà de ceux que l'infini tourmente. Il n'aurait su dire, avec cette assurance heureuse de l'auteur des sonnets à Hélène : « l'homme ne sçauroit connoistre si un lendemain doit estre ».

Le sentiment foncièrement religieux de Kochanowski et sa foi en l'immortalité de l'âme qui lui est une douce consolation et lui fait dire de sa fille morte :

Mais parmy les esprits, estant ange celeste,
Par l'aurore rosine elle se manifeste,

ce sentiment se joint à un effacement, une soumission mûrement méditée devant le destin, ce « mauvois desastre ».

C'est ce « mauvois desastre » qui, enlevant à Kochanowski sa fille âgée de quelques années à peine, mais douée d'un esprit étonnamment précoce, a inspiré au poète ses Thrènes, où s'exprime la douleur paternelle empreinte de tendresse émue, d'une tristesse qui cherche à se raisonner et d'une inspiration hautement spiritualiste.

THRÈNES

A URSULE KOCHANOWSKA

Infante doucelette, animée d'un gentil esprit et d'un entendement merveilleux et qui, ayant faict monstre de naissantes vertus foeminines, incontinent, au plus verd de son aage trespassa, laissant là ses parens dans le deul et amer regret. Jean Kochanowski, pere infortuné, avec ses larmes, à sa saincte angelette ceste escriture dedie.

Ursule, jà ta vie ès ombres fust jettée.

Tales sunt hominum mentes, quali pater ipse
Juppiter auctiferas lustravit lumine terras.

I

D'Héraclite tous pleurs, toutes larmes ameres,
Les plaints de Symonide, accoissant ses miseres,
Tous soucys, tous souspirs des hommes en tous lieux,
Las ! croisant pour neant leurs mains devers les cieux,
Venez, ce aujourd'hui, toutes en ma demeure
Et m'aidez à pleurer ma fille que je pleure.
D'avecque elle la mort m'a contraint me partir,
M'ostant incontinent tout confort et plaisir.

Ainsi on void ès ny les douces colombelles,
Fremissantes de peur sous les griffes cruelles
De l'espervier qui les devore, cependant
Que la mere, de dextre et de gauche volant,
Luittant d'un bec aigu, veut lui faire dommage,
Ains fuitive, à grand peine, emporte son plumage.
Pleurer est chose vaine un chacun va disant,
Mais, par Dieu, tout, ça bas, ne va-t-il pour neant?
Tout est vain, par erreur nous cherchons vie molle
Qui, dure de partout, nous navre et nous r'afole.
Je ne sçay que vaut mieux pour le coeur, ou pleurer
Ou, encontre nature, à poing armé, luitter.

II

Si ma plume devoit ne servir qu'à l'usage
Des rymes que l'on fait pour l'enfance en bas âge,
Ainçois il m'eut fallu, me seyant près d'un bers,
Escrire pour enfants ces petits chants divers,
Qui sillent doucement de somme leurs paupieres
Et serenent toujours leurs larmes coutumieres.
Telle sapience m'eut ores pu profiter,
Mais je ne scay hélas, rien que m'adolorer,
Pleurant sur le tombeau de ma saincte angelette
Et sur ces rets cruels que Proserpine appreste.
Car je n'eus de franchise entre les deux choisir,
Mon esprit déjà meur n'a pas voulu moisir
En infantes chansons, mais, par cas d'avanture
Qui cause mon meschef, je force ma nature.
Peu me chaut si, plus tard, un chacun me lisant,
Ira par-tout mon nom entre tous honorant.
Aux vivants je n'ai point chanté, mais, sort reveiche,
Or je chante une morte et de pleurs mes oz seichent.
Car les hommes, ça bas, tous pendent de fortune
Qui leur penser égaye ou bien les importune.

O lois de mauvaistié, c'est toy, royne des morts,
Qui les fais et refais sur les stygiens bords.
Pourquoy de mon enfant, dont je n'ay que mes larmes
Les jours furent ainsi bornez de peu de termes ?
Sans avoir du soleil veu les rais tout son saoul,
La pauvrette partit en la terre dessous.
Mieux valoit ne jamais regarder la lumiere
Que de naistre et mourir en enfance premiere,
Et, au lieu de donner aux parents reconfort,
Leur laisser le douloir qui leur coeur rouille et mord.

III

LAS, tu as desdaigné, infante doucelette,
Le los que de ton pere fortune avoit donné
Comme estant sans valeur. Eh oui, c'est verité.
Comment l'accomparer à ta grace simplette,
A ta raison ja belle au plus verd de tes mois,
Et croissant en vertus comme herbelette au bois.
O doux caquet, o jeux, o saluts gracieux,
De tant penser en vous mon coeur est soucieux.
Jamais pour mon confort ne viendras-tu sur terre
Abreger de mon sort la rigueur trop severe ?
Mais me douloir est vain. Le jour est ja venu
D'ensuivre le petit trac de ton pas menu.
Je t'y voirray, et lors, comme blanche angelette
Viens et presse mon col de tes mains mignonnettes.

IV

CRUELLE Mort, tu fis à mes yeux violence,
Car j'ai veu des-vier ma fille en son enfance,
J'ai veu lorsque le fruict non meur tu secouois,
Tandis que des parents l'estomach se fendoit.
Jamais sans grand mal-heur, sans tristesse et dommage
Je n'aurois pu la voir mourir à un autre âge,
N'importe quel. Jamais elle n'eut pu aller
D'un pas leger ès cieux, sans mon ame navrer.
Mais jamais ma langueur n'eut esté plus plaintive
Qu'aujourd'huy, la cherchant dessus la sombre rive.
Car elle eut pu, si Dieu l'eut voulu, en vivant
Mesnager à mes yeux plus d'un doux passetemps.
Tranquille, m'avançant aux faubourgs de vieillesse,
J'aurois esté premier appelé de Deesse
Proserpine, et je n'eus conneu le dur destin
Qui n'a pas son pareil dans tout le genre humain.
Point je ne m'esbahis que, voyant tous à terre
Gisant ses enfants morts, Niobé changea en pierre.

V

Comme une olive encor jeunette va croissant
A requoy et tout près la maternelle souche,
N'ayant feuilles, ne fleurs, mais un bourgeon naissant
Sur sa tige qui plie, lorsque Zephir la touche
Et que, ne voyant point, le jardinier qui va
L'herbe folle arrachant, dans le verger poussée,
A la racine coupe et jette en contre-bas,
Près le tronc maternel, toute molle et pasmée :
Ainsi Ursule fust mesme chose pour toy,
Car, près de tes parents, ayant poussé à peine
Au dessus de la terre, une mauvaise haleine
Soufflant, te fit soudain, sans force ne sans voix,
Tomber morte à nos pieds. Proserpine, o Deesse,
Sans raison pourquoy faire un tel deuil et tristesse!

VI

Des Sarmates Saphon, o gente chanteresse,
Avecques tout mon bien ma lyre enchanteresse
Devoit par heritage un jour passer à toy,
Car onc je ne te vey demeurer à requoy,
Mais en ton doux jargon la journée entiere
En rymes caqueter de façon coustumiere,
Comme le rossignol assis sur un rozier,
Chante, faisant trembler son tout petit gosier.
Mais plus je ne te ois, car close est ta bouchette;
Comme ès branches l'oisel, la Mort, ma mignonnette,
T'a chassée. Où est-il ton caquet gracieux,
Je m'en rementevois, or les larmes aux yeux.
Mais ains que de mourir chanter tu ne cessas,
Et, ta mere accolant, ainsi tu luy parlas :
« Mere, je ne vois plus me seoir, comme naguiere,
« A vostre table et plus ne serois menagere
« De vostre bien. Il faut, laissant les clefs, partir
« Et de vous, mes parens si aimés, me partir. »
Telles lors ont esté ses parolles, mais ay-je
Tout dit? Non, je le scay, car comment les diray-je!
Oui le coeur maternel, navré et mal-heureux,
Est bon quę, ce oyant, ne se fendit en deux.

VII

OH, petite vesture et robes de couleurs
De ma fillette tant mignonne,
Pourquoy attirez-vous mes yeux emplis de pleurs ?
Par vous ma peine s'espoinçonne.

Vous ne vestirez plus ses petits membres gresles;
Tout espoir m'a abandonné.
Le sommeil a ja clos ses yeux de ses deux ailes ;
De quoy sers-tu, robe d'esté?

Et vous, ribans, et vous, si bien ouvrez cestons ?
Ce sont là cadeaux de ta mere.
Un autre chapelet devoit orner ton front,
Et tu devois aller legere,
Dessous la saincte loy du nopcier Hymenée,
En fleur de ton âge menée.

Ta mere te donna une robe de lin,
Et moy une motte de terre
Que je mis près ta teste, enfermant de ma main,
Ta dot et toy dans une biere.

VIII

Ma maison, douce infante, est vaine maintenant
Que te voilà partie ainsi, en un moment;
Ta petite ame faut, et il n'y a personne
On diroit, quoique encor ma demeure resonne
De pas. Car tu parlois pour tous et jargonnois,
D'un coin sans faire cesse à un autre ballois.
Jamais en son soucy tu ne laissas ta mere,
Ni ton pere en son long penser et sa misere;
Mais tousjours ores l'un, ores l'autre accolant
Par ton ris et devis tout le monde amusant.
Las, tout s'est arresté, et vuide est ma demeure.
Plus de ris, de devis, de caquet à cette heure,
De chaque coin le mal agrippe vostre coeur
Et pour neant je cherche un basme à ma langueur.

IX

Je voudrois t'acheter contre deniers comptans,
Sagesse humaine. On dit que tu scay, extirpans
Tout soucy, eschanger de l'homme la figure
Et d'un ange luy faire une aimable nature.
Luy ne sçachant que sont tristesse, amer penser
Ne doute rien et, cois, laisse sa vie passer.
Pour toy sur l'eschafaud mondain tout est sotise
Et bon-heur et mal-heur par compas s'esgalise.
Tu ne doutes la mort et de tranquilles yeux
Tu void tout, peu à peu, changer dessous les cieux.
Pour toy, tel au palais vivant est miserable,
Quoique couverte soit de viandes sa table,
Et riche est non celuy qui a maisons et bien,
Mais qui, n'ayant que peu, ne desire plus rien.
Et, les doctes conseils escoutant de sagesse,
Ne se monstre jalouz d'honneur ne de richesse.
Mal-heur à moy qui ay usé mes jeunes ans,
Sagesse, à gouster ton parler emmiellans;
Comme l'homme d'en haut jeté bas contre terre,
Ainsi lors je me mesle à la trope vulgaire.

X

Fillette doucelette, où vis-tu à cette heure,
En quel païs estrange as-tu eslu demeure?
Ou t'eslevans dessus l'azurance des cieux,
Tu t'esbas parmy les petits anges joyeux.
Es-tu ès parady, ès isle verdelette?
Ou bien le vieil Charon te conduict-il seulette
Par les lacs, t'abreuvant du fleuve oblivieux,
Et ne scay-tu combien ont ja pleuré mes yeux.
Ou bien, quittant ta chair, le penser de ton age,
As-tu du rossignol prins et forme et plumage?
Ou dans le purgatoire attendans, de ton corps
Quelque petit pesché tu laves dessus bords.
T'en es-tu retournée en ceste isle inconnue
D'où tant seulement pour naistre tu fus venue?
Es-tu ou ça ou la, peu importe, mais viens,
Et me donne confort sous traits qui furent tiens,
Ou m'apparois encor, pour adoucir ma plainte,
En rêve, ou comme une ombre, ou comme image feinte.

XI

La vertu, dit Brutus mourant, n'est que risée,
Que mocquerie cruelle et que billevesée,
Car nul ne fust sauvé pour estre pieteux,
Et la bonté n'esloigne un hasard mal-heureux.
Un ennemy ça-bas toute chose entremesle,
N'ayant soucy de l'homme ou bon ou infidele.
Sur un chacun son bras pesant se fait sentir,
Entre bons et meschants ne soulant pas choisir.
Mais l'homme en son orgueil et son outrecuidance,
De vaine erreur rempli, cache son ignorance.
Nous voudrions, haussant la teste jusqu'au ciel,
De Dieu y entre-voir les secrets immortels.
Mais nostre œil n'y voit goutte. Et nous courons sans treve,
Comme voulant saisir fumée après nos rêves,
Las, l'infortune est-elle une telle poison
Qu'en perdant tout confort, je perds et la raison?

XII

NUL pere n'a aimé plus que moy son enfant
Et jamais de sa mort n'eust regret plus cuisant,
Car une telle enfant nul jamais ne vit naîstre
Qui de ses parents l'heur ainsi faisoit accroistre:
Proprette, obeissante, ententive, et passant
Sa journée à chanter, à rymer, ja sçachant
Un chacun bonneter de diverse maniere
Et aux jeux de son sexe estant ja coutumiere.
Son esprit esveillé, son coeur compatissant,
Estonnoient un chacun en un si jeune enfant.
Et onc elle ne vint au matin demander
Sa bechée, avant que devers Dieu se tourner,
Et jamais le sommeil n'a sillé sa paupiere
Qu'elle n'eust Dieu prié pour son pere et sa mere.
D'un voyage lointain le voyant arrivant
Elle accouroit vers luy et rioit l'accolant.
Du bien de ses parents elle étoit mesnagere,
Aidoit à chaque ouvrage, avant tout, la premiere.
En sa très tendre enfance ainsi vivre souloit,

Car or tant seulement trente mois elle avoit.
Un tel poids de vertus sa jeunesse douillette
Lors ne put supporter, tel l'espis, la pauvrette
Tomba avant la riche et arabe moisson.
A peine ayant germé, bien avant la saison,
Je te depose en terre or comme une semence,
Et avec toy je mets toute mon esperance;
Devers mes tristes yeux jamais rien ne croistra
Et de cette semence onc fleur ne florira.

XIII

Ursule, mon enfant, mieux valoit ne pas naistre
Qu'incontinent te voir devers moy disparoistre,
Car je paie d'un douloir trop fort presentement
Le plaisir dont tu m'as sevré en t'en allant.
Tu m'as trompé ainsi que faict, la nuict, le reve
Qui, montrant un tresor, notre desir rengreve,
Et, fuyant, laisse à l'homme qui ainsi sommeilloit
Le desir de cet or que quelqu'un lui bailloit.
Ainsi tu fis, Ursule. En ta très tendre enfance,
Esveillant en mon coeur une grande esperance,
Puis, tout triste soudain et seulet me laissant,
Et de tout mon confort à jamais me privant.
De mon ame tu prins la moitié la meilleure,
L'autre en moy pour tousjours langoureuse demeure.
Venez ça, bon maçon, cette pierre taillez,
Et dessus l'epitaphe ainsi faite engravez :
« Kochanowska Ursule icy gist, de son pere
Tout l'amour, tant ainçois toute douleur amere,
Car sans dessus dessous, Mort, ainsi tu as fait
Non moy, mais elle un jour, qui pleurer me devoit.

XIV

Où se treuve l'antique et souterrain chemin
Que devaloit Orphé, cherchant sa perte au loin?
Par les mesmes sentiers j'irois chercher la mienne,
Ma fille, traversant la riviere stygienne,
Où du nocher la barque emmeine, misereuses,
Des ames ès forets, sous les ombres mirteuses.
Et toy, aymable luth, seul ne me laisse aller
Au pourpris de Pluton, ains viens m'accompagner,
Et là, meslant ta voix a mes larmes ameres
Et sonnant des chansons de plaintives manieres,
Nous ferons que ma fille encore il me rendra
Et le mal qui me poinct en moy allegera.
Icy elle ne peut ainsi perir seulette,
Car comme baie ès bois, elle est encor jeunette,
Et Dieu n'a pas le coeur comme pierre endurci
Que de l'homme priant n'abrege le soucy;
Ains, si à ma requeste il ferme son aureille,
Je laisse icy mon ame à ces ombres pareille.

XV

Erate aux crespes d'or et toy, mon luth aymable,
Qui aux hommes chagrins tousjours fus confortable,
Accoissez or un peu mon penser soucieux,
Ains que, changé en pierre, ès champ, en quelque lieux,
Je pleure estant vivant par des larmes sanglantes,
En souvenir et montre de mes douleurs cuisantes.
Peut-estre qu'en voyant des autres le mal-heur
Nous oublions celuy que nous avons au coeur.
O, mere infortunée, (est-ce bien infortune
Ce jugement chetif qui nostre ame importune ?)
Tes filles les as-tu, et où sont tes sept fils,
Ta joie et ton confort et tes souris gentils?
Je vois, toutes en rang, quatorze sepultures
Et toy, contre ton veuil, traisnant ta vie dure.
D'une tombe tu vas aux autres, en cherchant
La place où tu as mis tous tes pauvres enfans.
Ainsi à terre on voit les fleurs gisant fauchées,
Ou sous la gresle dure en contre-bas baissées.
Te reste-t-il encor quelque espoir ici bas,
Et que ne cherches-tu toy-mesme le trespas?

Or, vostre arc que fait-il, et que font vos sagettes?
O Diane et Phoebus, qui malefice apprestes,
Achevez donc, mon Dieu, sa vie par pitié,
Ou, si estes cruels, par vostre mauvaistié.
Mais tout autre vengeance ainsi fust inventée.
Et Niobé, pour pleurer, en pierre fust changée,
Es Sypile elle gist et onc ne doit perir,
Ni cachées jamais ses blessures guarir.
Les larmes de son coeur le marbre dur transpercent,
Et en de clairs ruisseaux en aval se deversent.
Tous animaux y viennent boire et chaque oiseau.
Elle reste maugré les vents sur son coupeau,
Mais morte elle n'est point sous cette sepulture,
Pour elle-mesme estant sa propre tombe dure.

XVI

Ainsi tout navré de mon grand mal-heur
Qui jusqu'à mes oz m'espoinct de douleur,
Mon luth et sa ryme au clou je dois pendre
Et mon ame rendre.

Suis-je en vie ou bien est-ce un rêve encor
Qui par la fenestre ivoirine sort,
Et comme l'erreur berce par carolles
Nos pensées folles?

O, humaine erreur et outrecuider,
Aisement tu peux ton scavoir monstrer,
Quand selon ton veuil tout ça bas s'appreste
Et bonne est la teste.

Riches, pauvreté sans cesse louons,
Et, dans les plaisirs, la peine oublions,
Et, tant qu'il y a laine en la quenouille,
Tous nous chantons pouille.

Mais quand pauvreté nous rend malheureux,
Nous voyons que vivre et parler font deux,
Et en Mort pensons que, lorsque en sa coche,
Ja vers nous approche.

Pleurant, Ciceron, où vas-tu au loin?
Tu as donc bien dit que chacun Romain,
Partout lorsqu'il a sagesse en sa vie,
Treuve sa patrie.

Et pourquoy ainsi ta fille pleurer,
Si ce n'est que pour ta honte monstrer.
Autrement parloit ta belle escriture
De nostre nature.

Les lâches, dis-tu, seuls craignent la mort,
Mais tu n'as voulu, quand tel fut ton sort,
Condamné pour ta docte plaidoirie,
Laisser là ta vie.

De ton sçavoir seul tu n'as profité.
Le dire plus que le faire est aisé,
Et un mal pareil causa ta detresse
Qui mon ame presse.

L'homme n'est point faict de pierre, et tout pend
De fortune qui dessus testes pend;
Le bonheur encor en son mal avive
La blessure vive.

Tu es, o vieux temps, pere de l'oubli,
Viens emmenteler mon coeur en ton pli,
Car ja tous les saincts peuvent, ne sagesse
Rien à ma tristesse.

XVII

Le bras du Seigneur m'a touché
Et de toute joie sevré.
En moy je sens mon ame à peine,
Et qui s'en va comme ombre vaine.

Que le soleil brille au matin,
Vers la vesprée à son déclin,
Mon coeur tousjours a sa blessure
Qui onc ne cesse sa poincture.

Onc je ne peux mes yeux seicher,
Jusqu'à ma mort je dois pleurer,
Je dois pleurer, o Dieu aymable,
Rien n'est caché dessous ta table.

Quoyque sur mer ne naviguons,
Ne ès guerres ne bataillons,
Le mal-heur tousjours à l'encontre
De nostre penser nous rencontre.

En telle humblesse je vivois
Que nul de moy rien ne sçavoit,
Et ne l'envie, ne mauvaise heure
Ne treuvoient l'huis de ma demeure.

Mais le Seigneur, qui sçait le mieux
Combien l'homme est oblivieux,
Me voyant tranquille en son havre,
D'autant plus durement me navre.

Et mon cuyder qui librement
Parloit du mal qui nous attend,
Ne peut plus se juger lui-mesme
Et comme en maladie est blesme.

Parfois aussi dans le plaisir
Je voudrois mon soucy guarir,
Ains mis tous deux en la balance
Le mal, trop lourd, point ne balance.

Et que vaut l'humain jugement
Qui, merité seul mal attend.
Du mal-heur qui rit, ma parolle,
Celui-cy a la teste folle.

Je sçay qu'un chacun va disans
Qu'à l'homme pleurer n'est duisans,
Mais cela n'accourcit sa peine
Et encor plus grand mal ameine.

Car, ayant en l'ame ce deuil,
Je dois pleurer contre mon veuil,
Contre l'honneur qu'ainsi je blesse,
Et de honte croist ma tristesse,

Par Dieu, ce remede n'est bon,
Ne agreable à la raison,
Donc, qui de ma santé a cure,
Cherchez moy guarison plus seure.

XVIII

Les enfans, o Seigneur, ne sçavent t'obeir,
En Toy pensant à peine,
Lorsque bonheur les meine,
Et ne soulant que vivre ès jeux et ès plaisirs.

Nous oublions que tout nous vient de ta bonté,
Et si vistement passe,
Quand sans te rendre grâce,
Seigneur, tout nostre coeur ne t'avons presenté.

Accourcy notre frein, car le desir mauvais
A la voix blandissante;
Que l'ame repentante
Dans le mal-heur au moins repense en tes bienfaits.

Mais pour punir, mon Dieu, aye un bras paternel.
Sous ton courroux tous hommes
Comme neige nous sommes
Lorsque le soleil chaud a ja monté ès ciel.

O, Seigneur, vous pourriez tous nous faire perir,
Si Vostre main mauvaise
Trop lourde sur nous pese;
Vostre disgrâce ja, seule nous fait souffrir.

Mais vous n'avez jamais osté votre pitié
A quiconque en humblesse
Ses pechés Vous confesse,
Quoy que longtemps il ait monstré sa mauvaistié.

Ma faute devant Vous est bien grande, Seigneur,
Mais ja vostre indulgence
Oublie toute offense,
Ce jourd'huy secourez-moy donc en mon mal-heur.

XIX

Tout espoinct de douleur, ceste nuict, je ne pus
Longtemps siller les yeux, ne mes membres recrus
Accoisser... Ains avant l'aurore paresseuse,
Le somme me couvrit de son aile poisseuse.
Or je vey devers moy venir à petits pas
Ma mere qui tenoit ma douce Ursule ès bras.
Ursule ainsi venoit pour faire sa priere,
Chaque matin du lict levée la premiere.
Sa chemisette en lin pour vesture elle avoit,
Et dessous ses cheveux en-ondés sourioit.
J'escoute et esbahi j'entends parler ma mere:
Jean, dors-tu ? Ou ton mal accroist-il ta misere ?
A donc je souspirai, et lors il me sembla
Que j'étois esveillé. Puis elle me parla,
Après un court arrest, ainsi : « Mon fils, ta peine,
M'a amenée icy d'une rive lointaine,
Et tes larmes qu'ainsi tu verses, nuict et jour,
Ont troublé jusqu'aux morts le souterrain sejour.

Je t'apporte, voicy, ta fillette mignonne
Regarde la. Le mal qui ainsi t'espoinçonne
Ira diminuant. Desormais ta santé
Ne sera plus rongée d'un seur degré compté,
Comme le feu ardoit d'heure en heure la meiche
Qui ne nouant ès huile est devenue seiche.
Crois-tu qu'un trespassé onc vie ne voirra
Et que jamais sur luy le soleil ne luira?
Or icy nous vivons vie d'autant plus belle
Que le corps en beauté passe l'ame immortelle.
Ce qui est de la terre à la terre revient,
Et l'ame va ès ciel auquel elle appartient.
Laisse donc tout soucy en ce poinct, je te prie,
Car je peux t'asseurer que ta fille est en vie
Et, à tes yeux mortels aujourd'huy se montrant
Elle paroist ainsi qu'elle estoit en vivant.
Oui ça-bas le douloir tout plaisir accompaigne,
Et jamais le bonheur en souverain ne reigne ;
Il passe vistement, et pour le mieux gouster
Nous devons de le perdre à tous moments douter.
Pourquoy pleurer, par Dieu, que n'a-t-elle conneu ?
Un mary aschetè pous sa dot, et qui l'eust
Fait plier sous le veuil de sa loi estrangere ;
Ou de l'enfantement les douleurs coustumieres.
Elle ne scait ce qu'est le mal-heur que connoist
Sa mere, qui a veu mourir son nouveau-né.

Telles sont les douceurs que nous donne nature
Dont se rementevoit l'homme en sa vie meure.
Au ciel icy ce n'est qu'une amable douceur,
Libre de tout soucy, de mal et de langueur.
Icy en escoutant celestes melodies,
L'ame vit sans sçavoir ce que sont maladies,
Ce qu'est vieillesse ou Mort de larmes s'abreuvant,
Et qui ores à nul icy ne va nuisant.
Mais, parmy les esprits, estant ange celeste,
Par l'aurore rosine elle se manifeste
Et luit et prie, ainsi, là-haut, pour ses parens
Comme elle faisoit ja encor balbutians.
Et n'aies point regret qu'encore si jeunette
Sans gouster les plaisirs de la mondaine feste
De sa vie le cours fust tost entre-rompu,
Car que vaut le plaisir dès lors qu'on l'a conneu ?
Tousjours en quelque poinct il navre et importune,
Comme tu peux le voir par ta propre fortune.
Ta fille te fist-elle onc tel heur esprouver
Que tu puisses, un jour, vraiement l'accomparer
Avec ton deuil et ta peine qui te rend blesme?
Non, tu ne peux le dire. Eh bien, juge toy-mesme
Par ta vie. Et, en vain, cesse de te douloir
Que ta fille partit si tost vers le bord noir,
Car elle n'a quitté les plaisirs, mais la peine,
Soucys, labeurs divers que chaque jour ameine.

Le temps que nous vivons jamais fin ne doit prendre,
Nous pouvons tout peser et juger et comprendre.
Le soleil vermeillet sans cesse fait son tour
Et jamais n'est suivi de la nuict en son cours.
Le Seigneur à nos yeux sa majesté desvoile,
Ce qu'en vain voudroit voir l'homme en l'oz ayant mouëlle.
Mon fils, tourne devers le ciel tous tes pensers,
Icy d'autres joies vont ta vie compenser.
Tu sçays combien sur terre est plaisir perissable,
Il te faut or bastir sur fondement plus stable.
Ta fillette, crois-moy, a choisi a dessein
La bonne part et fist comme font les marins,
A peine ayant quitté la rive, dessus l'onde,
Et qui, oyant le flot qui menace et qui gronde,
Sans regarder arriere, au bord incontinent
Reviennent. Cependant que d'autres, qui au vent
Laissent enfler la voile, encontre roches dures
Sont jetés, pour mourir de faim et de froidure.
Ta fille, ne pouvant le trespas eviter,
A moins que la Sybille en son age passer,
Tout le mal-heur futur elle voulust d'avance
Prevenir et ainsi s'epargner la souffrance.
D'aucuns, ayans très tost veu meurir leurs parens,
Des plaintifs orphelins connoissent le tourment;
D'autres, de la maison paternelle emmenées
Sont, encontre leur veuil, livrées à l'hyménées ;

D'autres, trainées par Tartates ravisseurs
Sous le joug des païens, préfèrent au deshonneur
Le trespas attendu, qui vienne mettre terme
A leur vie de chagrins de miseres et de larmes.
Ta fille n'a plus telle infortune à douter,
Soulant ores ès ciel autre vie gouster.
N'ayant jamais conneu soucy d'aucune sorte,
Ne le moindre pecher devant que estre morte;
Pour elle, crois mon fils, le sort a esté bon,
Et ton penser chetif s'attriste sans raison.
Prens garde, à ton douloir ja tu dois mettre un terme,
Car tu perdrois si non ton sens rassis et ferme
Ainsi que jugement. Qu'ils ne te quittent point
Quel que soit le douloir qui te navre et t'espoinct;
Car telle est pour chacun la loy que, dès le naistre,
L'homme du sort ne void qu'infortune apparoistre,
Sans defense soumis aux mauvais coups meurtriers
A l'encontre du mal ne pouvant luitter.
Pour chacun homme icy la vie est donques belle,
Penses-tu que pour toy elle soit plus cruelle ?
Ta fillette n'a peu vivre que jusqu'au jour
Qui lui fust prescrit pour son terrestre sejour.
Il fust accourci, mais, nulle sapience humaine
Ne sçait ce qui est mieux, ou vivre dans la peine
Ou mourir, car Dieu tient caché son jugement
Et il faut nous soumettre à son veuil tout puissant.

Pleurer est pour neant, car lorsque est venue l'heure
L'ame quitte le corps et onc en sa demeure
Ne revient. Nul alors ne veut s'arraisonner
Et seul garde le mal en son triste penser,
Oblivieux, en sa coutumiere injustice
Du jour hasardeux qui lui a esté propice.
Telle est vois-tu, mon fils, de fortune la lois
Celuy fait sagement qui se rementevoit,
Non de ce qu'il n'a plus, pour en avoir tristesse,
Mais de ce que le ciel entre ses mains luy laisse.
Ainsy, te soumettant au sort de tous humains,
Quitte le mal qui prend de ton coeur le chemin,
Pense en ce que ne touche encor mauvais desastre:
Tout cecy est profit de fortune marastre
Oubliée. Or dy-moy quel pour toy est le fruict
D'avoir, pendant des ans, passé de longues nuicts,
Courbé, pensif, dessus parchemins et vieux livres,
Et loin de tout plaisir ayant soulé de vivre?
Tel un bon jardinier, ores tu dois cueillir
Ce que dans ton jardin le soleil fist meurir.
Tu as sceu adoucir des peines estrangeres,
Or sçache rendre au moins la tienne moins amere.
Monstre ce que tu sçais, le temps peut tout guarir
Mais pour celuy qui ja sent son ame vieillir
Le temps n'est plus un bon medecin ne remede,
Son penser seul luy peut donner confort et aide.

Le temps agit avec ruse et entendement,
Mettant en lieux d'anciens nouveaux evenements,
Ores triste, or, joyeux, que l'homme par avance
Ja de loin void venir; en son coeur il repense
L'avenir, demeurant du passé oblivieux,
Prest à l'heur ou mal-heur du sort fallacieux.
Pense en cela, mon fils, et de façon humaine
Juge tout. Un seul Dieu donne ou bonheur ou peine....
Puis ma mere partit. Je ne sçays aujourd'huy
Si en reve ou en veil telle parolle ay ouy.

PARIS. — IMPRIMERIE LEVÉ, RUE DE RENNES, 71.

www.ingramcontent.com/pod-product-compliance
Ingram Content Group UK Ltd.
Pitfield, Milton Keynes, MK11 3LW, UK
UKHW021513260726
13993UKWH00004B/1651

9 782019 936228